打动孩子心灵的
世界经典

克雷洛夫寓言
KE LEI LUO FU YU YAN

[俄] 克雷洛夫 ◎ 著
朱 玺 ◎ 编译
赵 瑜 ◎ 绘

中国少年儿童新闻出版总社
中国少年儿童出版社
北京

克雷洛夫寓言

KE LEI LUO FU YU YAN

图书在版编目（CIP）数据

克雷洛夫寓言 /（俄罗斯）克雷洛夫著；朱玺编译. -- 北京：中国少年儿童出版社，2024.3
（打动孩子心灵的世界经典）
ISBN 978-7-5148-8678-8

Ⅰ．①克… Ⅱ．①克… ②朱… Ⅲ．①寓言—作品集—俄罗斯—近代 Ⅳ．① I512.74

中国国家版本馆CIP数据核字（2024）第052101号

KELEILUOFU YUYAN
（打动孩子心灵的世界经典）

出版发行：中国少年儿童新闻出版总社
中国少年儿童出版社

执行出版人：马兴民

责任编辑：安今金	责任校对：刘文芳
装帧设计：赵 瑜	责任印务：厉 静

社　　址：北京市朝阳区建国门外大街丙12号　　邮政编码：100022
编 辑 部：010-57526320　　总编室：010-57526070
发 行 部：010-57526568　　官方网址：www.ccppg.cn
印　　刷：三河市中晟雅豪印务有限公司

开　本：889mm×1194mm　1/16　　印张：6
版　次：2024年4月第1版　　印次：2024年4月第1次印刷
字　数：60千字　　印数：1-8000册
ISBN 978-7-5148-8678-8　　定价：30.00元

图书出版质量投诉电话：010-57526069　电子邮箱：cbzlts@ccppg.com.cn

在动物世界中感悟人生哲理

——译者序

《克雷洛夫寓言》来自俄国，里面满是各种关于动植物的故事：狡猾的狐狸、凶狠的狮子、温驯的绵羊、高傲的橡树。这些故事看似幽默荒诞，细品之后又极具讽刺意味，引人深思。

所谓"寓言"，就是"寓理于言""以言喻世"。作为一种古老的文学体裁，寓言最早可以追溯至古希腊时期，当时的《伊索寓言》被作为一种民间文学流传下来，从此确定了以动植物或自然现象为主角的故事形式。这些主角并不只是符号，作者按照它们的特征和本性，赋予它们人类的不同性格，并结合得恰到好处，这表现出作者对自然界的细微观察和丰富联想。翻译家包文棣认为，优秀的寓言能以最简练的文字和最生动的形象，将人生百相做最浓缩的概括。

伊凡·安德烈耶维奇·克雷洛夫的寓言诗就是其中的佼佼者。克雷洛夫被誉为"俄国伟大的诗人、戏剧家和寓言作家"，是俄国第一位闻名世界的文学家。他改变了之前俄国文学单纯模仿西欧文学的状态，树立了根植俄国、极具民族特色又内涵深刻的文学流派。

讽刺是克雷洛夫寓言作品最突出的特征，他常常以犀利的笔触揭示社会上的不公和愚蠢行为，展现了人性的弱点和社会的矛盾。在他的作品中，每个故事都是一个小小的世界，以精巧的构思、生动的形象和丰富的想象力展现了生活的多样性和复杂性。这些故事有的诙谐幽默，有的辛辣犀利，但它们都在向我们传达着某些永恒的真理。无论是对于权力的批判、对于愚昧的嘲讽，还是对于勤劳和诚实的赞美，克雷洛夫都展现了他对于人性的深刻理解和对社会正义的坚定信念。

尽管作品描写的是某一具体场景和情节，但其所蕴含的道理具有普遍性，能够超越时代限制，对后人仍有启示。《狼和小羊》告诉我们，强者在欺压弱者时总能找到借口；《善良的狐狸》提醒我们，判断真正的善良不能只是"听其言"，还要"观其行"；而《矢车菊》则教会人们面临困境和嘲讽时，依然要保持乐观，相信光明很快就会到来。克雷洛夫的寓言不仅是为了娱乐，更是为了教育。他希望通过这些故事向读者传授道德观念和生活智慧。

虽然他的作品思想深刻，语言却简单易懂，基调幽默诙谐，笔触富有灵性。故事开头寥寥数语，就把角色关系和性格特征完整呈现出来。尤其是对话部分，克雷洛夫在保证押韵的前提下，做到了极富生活化，增强了作品的可读性。这得益于克雷洛夫在戏剧创作上的强大才能和深厚积累。

1769年，克雷洛夫出生于莫斯科一个贫困的军人家庭。他的父亲是一位闲职军官，薪水较少，生活比较拮据。这使得克雷洛夫接触到了更多底层人民的生活。尽管生活困难，他的父亲仍然会教小克雷洛夫识字，让他学习。小克雷洛夫的文学天赋惊人，很早就能流畅阅读，尤其酷爱诗歌。这也培养了他在困难日子中的理想主义和乐观精神。

克雷洛夫十岁的时候，他的父亲病重。小克雷洛夫不得不担起养家的重任，来到父亲原来工作的议会机构担任文书，从此接触到了当时的官场生活。1783年，克雷洛夫在圣彼得堡谋取了职位，在这个城市，他第一次接触了戏剧，并尝试进行剧本创作。自此，他开始了60多年的文学创作生涯，直至1844年因病离世，享年75岁。

克雷洛夫的一生经历了俄国对抗法国的卫国战争和十二月党人起义等重大事件。在那个充满变革的时代，社会的种种弊端和不公现象激发了他创作寓言的灵感。克雷洛夫的寓言不仅是一部文学作品，更是一部反映时代图景的历史文献。

经典之所以成为经典，是因为它把握住了这世间的本质规律。小读者们，我希望你们在阅读这些故事时，想一想这些主人公谁是好的？谁是坏的？它们为什么是好的？它们又为什么是坏的？如果选择一个角色，你想成为它们中的谁？相信你会受益匪浅。大读者们，人生路上我们享受过高光时刻，也遭遇过困难挫折，带着这些经验再读克雷洛夫的寓言时，你将更能体会到作者的精心设计、深刻的思想以及豁达的人生智慧，或会有与作者心意相通的会心一笑，或会有柳暗花明的豁然开朗、意味深长。

翻译克雷洛夫的寓言诗，让我重新理解了这个作家以及俄罗斯民族性的特征。诗人普希金曾评价克雷洛夫的作品中蕴含着"睿智又善良的狡猾"，这是俄罗斯民族精神的鲜明气质。他创作的寓言故事很多来自俄国民间的谚语和典故，用俄罗斯民族的视角观察、体会自然和人世间。他塑造的狐狸、狮子、兔子、乌鸦和狼等形象，后来也成为俄罗斯文化中的一部分。

本书原文来自苏联国家文学出版社于1945年出版的《克雷洛夫全集（三卷本）》之第一卷《寓言诗卷》。翻译时参考了国内市面上诸多译文版本，在忠实原意的基础上，尽量选择轻松、简单的文字，使语句间富有韵律，便于青少年理解。译文完成后经由吴琼、王璠老师审读和修改，俄罗斯好友娜塔莉娅·科罗廖娃帮助解释了原文中的文化背景知识，责任编辑安今金老师尽职尽责，就译文风格同我反复沟通打磨。这本书得以成形，离不开他们的认真付出，在此表示感谢！

俄国作家果戈理将《克雷洛夫寓言》推崇为"集民族智慧之大成的书"，这本书的奥秘和神奇，还得各位读者朋友自己去体会、探寻。

是为序。

朱玺
2024年于北京

目 录

乌鸦和狐狸 / 1

橡树与芦苇 / 2

合唱团 / 3

乌鸦和鸡 / 4

小盒子 / 6

青蛙和黄牛 / 7

矢车菊 / 8

小树林与火 / 10

狼和小羊 / 12

山雀 / 14

长尾猴和眼镜 / 15

老鹰和鸡 / 16

狮子和豹子 / 18

分利 / 20

木桶 / 21

狐狸和土拨鼠 / 22

路人和看门狗 / 23

老鹰和蜜蜂 / 24

公鸡和珍珠 / 26

驴子和夜莺 / 27

商人和鞋匠 / 28

主人和老鼠 / 30

大象和哈巴狗 / 31

农夫和狐狸 / 32

狗 / 34

狼和狐狸 / 35

风筝 / 36

天鹅、狗鱼和虾 / 37

花朵 / 38

马和骑手 / 40

善良的狐狸 / 42

四重奏 / 44

捕猎的狮子 / 46

小老鼠和大老鼠 / 47

蚊子和牧人 / 48

影子和人 / 49

狮子和狼 / 50

狗、人、猫和鹰 / 51

乌云 / 53

藤草 / 54

青蛙和天神 / 56

狼和牧人 / 58

守财奴和母鸡 / 59

蚂蚁 / 60

牧人和大海 / 62

农夫和蛇 / 64

狐狸和葡萄 / 65

勤劳的熊 / 66

两个木桶 / 68

鹅卵石和宝石 / 69

猫和夜莺 / 70

橡树下的猪 / 72

扫帚 / 73

年老的狮子 / 74

狮子、羚羊和狐狸 / 75

杜鹃和鹰 / 76

米隆 / 77

狗和马 / 78

瀑布和温泉 / 79

牧羊人 / 80

狐狸 / 81

狮子和老鼠 / 82

强盗和车夫 / 83

杜鹃和公鸡 / 84

顽主的命运 / 85

孔雀和夜莺 / 86

驴子和兔子 / 88

做午餐的熊 / 89

乌鸦和狐狸

不知向世人说了多少次，
拍马屁是卑鄙的、损人的，
但一切都是徒劳，
马屁精总能在人心中钻到空子。

乌鸦不知从哪儿得到一块奶酪，
她落在云杉树上，
准备享用早餐。
乌鸦嘴里叼着奶酪，不知在想什么。
这时一只狐狸走过来，
奶酪的香味让他突然停下脚步。
狐狸被奶酪吸引住了，
这个小骗子蹑手蹑脚地向大树靠近，
摇晃着尾巴，眼睛直勾勾盯着乌鸦，
甜甜地轻声说道：
"亲爱的！你真是太美了！

瞧这脖子，瞧这双眼睛！
就像童话里的公主那样！
多美丽的羽毛！多漂亮的嘴巴！
唱首歌吧！小宝贝，别害羞！
你拥有这等美貌，
要是唱歌还厉害的话，
那就是我们的鸟中之王啦！"
乌鸦被夸奖冲昏了头，
激动得喉咙发紧，喘着粗气。
因为狐狸的溢美之词，
乌鸦用尽全力沙哑地喊了一声，
奶酪掉了下来，被小骗子叼走。

橡树与芦苇

有一次，橡树对芦苇说道：

"说实在的，

你确实应该抱怨大自然。

就连麻雀也能把你压弯，

只能在湖面吹起涟漪的清风

也会让你瑟瑟发抖，

孤零零地俯下身体。

而我，就像高加索山一样挺拔，

不仅可以挡住阳光，

还敢嘲笑旋风和雷电。

我总能坚挺又笔直地站着，

仿佛被坚不可摧的世界守护一样。

对你来说是狂猛的风暴，

在我看来就是轻柔的微风。

只要你待在我的周围，

在我浓密的树荫下，

我就能为你遮风挡雨。

可老天却把你安排在

残暴风神主宰的河岸，

当然，他可能根本没有注意到你。"

"您真是好心肠，"芦苇回答道，

"但您不用担心，我没有那么不幸，

我并不担心狂风。

虽然我会被吹倒，

但我不会被折断。

暴风雨不会对我造成太大伤害，

可他对您的威胁要厉害得多！

的确，他们的凶猛

至今没有摧毁您的意志，

面对攻击，您也没有低头。

不过，咱们等到最后再看吧！"

芦苇话音刚落，

夹杂雨水和冰雹的北风呼啸而来，

橡树还在坚持，

芦苇却被吹伏在地。

风继续咆哮，

怒吼着加强他的威力，

这棵树冠直冲云霄，

树根深植沃土的橡树，

终究被怒吼的狂风连根拔起。

合唱团

主人请邻居来家里吃饭，
心里却另有打算：
他喜欢音乐，
想让邻居来参观他的合唱团。
团员们开始表演：有的音唱不清楚，
有的调跑到天上，
但他们个个中气十足，
而邻居的耳朵却遭了难，
人也跟着头晕目眩。
"求您饶了我吧！"邻居惊讶地说道，
"这有什么值得欣赏？
简直就是扯着嗓子瞎喊！"
"是啊，"主人略微动情地说道，
"他们是有些跑调，
但他们不抽烟也不喝酒，
举止得体，很有礼貌。"

要我说："酒倒可以喝，
但歌还是得唱好。"

乌鸦和鸡

曾经斯摩棱斯克大公
运筹帷幄与敌人战斗,
给汪达尔人布下天罗地网,
准备撤出莫斯科,想置他们于死地。
那时所有居民,不论老少,
一分钟都不敢耽搁,
一起拥出莫斯科城,
像蜜蜂拥出蜂房一样。

一只乌鸦站在房顶擦擦鸟喙,
淡定地看着这慌乱的场景。
"哟,我说大嫂,您怎么还不走?"
一只鸡在货车里冲她喊道,
"听说敌人都到我们家门口啦!"
"这关我什么事?"
乌鸦俨然一副预言家的样子回答道,
"我要勇敢地留下来,
至于姐妹们,你们随便吧!
要知道没人会将乌鸦油炸了吃掉,
也不会煮来喝汤。

我一定能够和客人和平相处，
说不定还能得到点儿骨头和奶酪。
再见了，长毛鸡，一路平安啊！"
乌鸦真的留了下来，
但她并没有捞着好处，
因为斯摩棱斯克大公想饿死这些外敌，
而外敌就把乌鸦煮了汤喝掉。

人们在算计时，盲目又愚蠢，
看起来追求的是幸福，
实际上却同这只乌鸦一样，
最后成了别人的食物。

小盒子

我们经常遇到这种情况:
绞尽脑汁思考的问题,
只要掌握了诀窍,
就会迎刃而解。

有人拿来大师做的盒子,
精致考究的外表让人眼前一亮。
是啊,漂亮的盒子人人都说好。
这不,一位经验丰富的机械工,
走进房间来,瞅了瞅小盒子,
说道:"这小盒子有名堂。
看,连把钥匙都没有。
不过,我可以将它打开,
嗯,嗯,一定可以!
你们别偷笑!

等我弄清名堂,
打开盒子给你们瞧瞧,
机械这块儿我很在行。"
说完,他摆弄起盒子,
上下左右,费尽心思,
动动这颗钉子,
又摸摸那个把手,
最后对盒子摇摇头,
不知如何是好。
这时有人小声嘀咕,
有人相视而笑,
耳朵里听到的都是:
"不是这样,不是这儿,
也不是那里!"
机械工越来越着急,
汗流浃背!
终于,他筋疲力尽,
把小盒子丢在了一边。
那到底怎么打开呢?
他大概永远都猜不到:
那就是普通的小盒子,
打开并不需要什么诀窍。

青蛙和黄牛

青蛙在草原看到一头黄牛,
她有些嫉妒,
想和黄牛比一比个头。
青蛙摆起架子,双脚站立,
大口大口地喘着粗气,
身形越来越鼓。
"瞧,青蛙妹妹,
我和那家伙比怎么样?"
她对同伴说道,
"这才到哪儿啊,宝贝儿!
还差得远呢!"
"看着,我现在再鼓一鼓。
现在怎么样?
是不是不比他小?"

"一点儿都不!"
"那现在呢?"
"还是那样。"
青蛙继续鼓起肚皮,最终,
我们这位活宝,
为了比过黄牛的个头,
用力将自己的肚皮鼓爆。

类似的例子比比皆是;
家里捉襟见肘,
还总要与贵族攀比;
明明很普通,
却总想向上等人看齐。

矢车菊

在幽静的山谷里,
盛开着一朵矢车菊。
他突然枯萎了,
身子矮了半截,
头也垂向花茎,
沮丧地等待死亡的来临。
他向微风轻声祈祷:
"唉,希望白天快点儿到来,
等太阳照亮大地,
说不定,我就能活过来!"
"你想得太简单了,我的伙计!"
近旁一只甲虫边挖土边说:
"难道太阳公公只关心你,
看你怎么花开花谢吗?
他老人家可没时间
也没心情搭理你!
你要是像我一样能飞,

见过世面,就知道
这里有草地、平原、田野,
知道万物生长都离不开太阳,
拥有他才拥有幸福。
太阳用他的光和热
孕育了巨大的橡树和雪松,
也用五彩斑斓的颜色,
为芬芳的花朵增添光彩。
当然,那些花和你完全不同,
他们是那么的珍贵、艳丽,
连时光都不忍破坏他们的风采。
而你既不显眼又不芬芳,
太阳才不会
拿你这样的讨厌鬼折磨自己。
相信我,你沐浴不到阳光,
不要再废话了,
闭上嘴,等死吧!"
然而太阳出来后,
植物王国里满是阳光。

即将枯萎的矢车菊，

在阳光的眷顾下又鲜活了起来。

啊，被命运赋予崇高地位的人啊！

请以太阳为榜样！

阳光所及之处都有他的身影，

不论是草茎还是雪松，他都同样眷顾。

自己开心的同时也为别人带去幸福，

于是太阳的形象就在大家心中燃烧，

人人都对他大加赞扬。

小树林与火

交朋友一定要辨别分明：
当有人以友谊之名掩盖私利时，
带给你的将会是陷阱。
为了让你更明白这个道理，
下面这则故事请仔细听。

冬天的树林中，
有团火苗奄奄一息。
看得出来，
他是被哪位路人遗忘在此地。
时间慢慢过去，
火苗越来越弱，
没有新的木头，
眼看就要熄灭。
面对这个结局，
他向小树林说：
"告诉我，亲爱的小树林！

为什么你们的命这么苦？
瞧你们身上一片叶子都没有，
怎么会光秃秃在这儿受冻呢？"
"因为我们浑身都埋在雪里，
没办法在冬天发芽，
也不能开花。"
小树林这样回答。
"小事一桩！"火苗继续说，
"跟我交朋友就好，
我可以帮助你。
我是太阳的兄弟，
就算在冬天，
我的能量也不比太阳差毫厘。
你到温室去打听打听，
冬天大雪纷飞，
风暴狂啸的时候，
在那里，大伙儿该开花的开花，
该结果的结果，

他们都得谢谢我。
虽说夸赞自己不合适，
我也不喜欢自吹自擂，
但我确实不比太阳差。
无论太阳在这里散发多少光芒，
但直到落山，
他都不会对雪有丝毫影响。
而我的周围，
看看吧，雪都融化了。
所以，如果你想像在春夏那样，
在冬天发芽，
那就给我留个地方吧！"
事情就这样安排妥当。

火苗跑到树林身上，
瞬间变成大火，
躁动着蔓延到枝头，
燃烧到树梢，
团团黑烟汇聚成乌云。
熊熊烈火将树林包围，
烧到最后什么都没有，
就连那个在炎炎夏日
供游人乘凉的地方，
如今也只剩下烧焦的树墩。
这不足为奇：
树怎么能跟火交心？

狼和小羊

在强者面前弱者总是不对的,
这样的例子在历史上不胜枚举。
但我们现在不说历史,
一个故事就能说明白这个道理。

炎热的夏日午后,
一只小羊跑到河边喝水,
不幸却就此降临。
一只饥饿的狼在不远处寻找食物,
他看到了小羊,飞奔而来,
但狼想把事情做得合情又合理。
他喊道:"不要脸的东西,
你怎敢用你那肮脏的嘴,
把我要喝的水弄得满是淤泥?
真是粗鲁至极,
我要把你的头拧下来才行!"
"如果英明的您允许,
我斗胆向您报告,
我在下游喝水,
离英明的您有百步的距离。
您千万不要动怒,
我怎么都不会弄脏您的水。"
"那就是我说谎了?
你这个小人,
你的粗鲁世上闻所未闻!
我好像记得,
前年你也在这里犯了同样的错,
我同样发了火。
我的老相识,
这我可没有忘记!"
"仁慈的狼啊,
我出生还没满一年。"
小羊说道。

"那就是你的哥哥!"

"我没有哥哥。"

"那就是你的朋友、亲戚,
总之就是你的同族。
你们,还有你们的牧羊犬和牧羊人,
都对我心怀敌意,
只要一有机会,你们就会害我,
你要为他们的罪行付出代价。"

"啊,我到底错在哪里?"

"闭嘴,我不想再听了,
我没工夫在这里掰扯你的罪行,
羊崽子,你错就错在让我想要吃掉你。"

说完,狼就把小羊拖进了树林。

山 雀

海上飞来一只山雀,
她吹牛说,要把大海烧干。
消息一出,瞬间传遍各地,
恐慌笼罩了海王星首都①的居民。
成群的鸟儿、森林里的野兽,
都跑来看热闹,
倒要看看海水怎么燃烧;
甚至有到处蹭吃蹭喝的猎人,
听到这四处散播的传言,
赶忙拿着勺子跑到海边,
想大口品尝这取之不尽的鱼汤,
就连最慷慨大方的承包商,
也不曾向官员献上如此美味。
见过世面的大伙儿聚到一起,
也都屏住呼吸,
目不转睛盯住大海,

迫切等待,
只是偶尔有人小声嘟囔:
"看,水要开了!
瞧,火要着了!"
可大海仍一片平静
哪怕海水咕嘟几声,都没有。
这天大的玩笑该如何收场?
山雀灰溜溜地飞回了家。
山雀说了大话,
但大海没配合她。

这里还得多说两句,
并不想让某些人面上过不去,
事情还没结果,
就不要到处张扬。

---

① 指海边城市圣彼得堡。

长尾猴和眼镜

长尾猴老了,
越来越看不清东西。
她听人说,
这不是什么大问题,
只要有一副眼镜就能解决。
她一下给自己搞来六副眼镜,
上下摆弄着,
一会儿按在额头上,
一会儿绑在尾巴上,
左闻闻,右舔舔,
但她还是看不清楚。
"真该死!"长尾猴骂道,
"傻瓜才会听信人类的谎言,
什么一副眼镜就能解决,
都是骗人的,根本不行!"

长尾猴懊恼又沮丧,
拿起石头就朝眼镜砸去,
只剩那些玻璃碎片依旧亮晶晶。

不幸的是,人类也经常如此,
无论多好的东西,
一旦不清楚它的价值,
无知的人总是把它往坏处想,
要是这种人再有些名气,
那就只会变本加厉。

老鹰和鸡

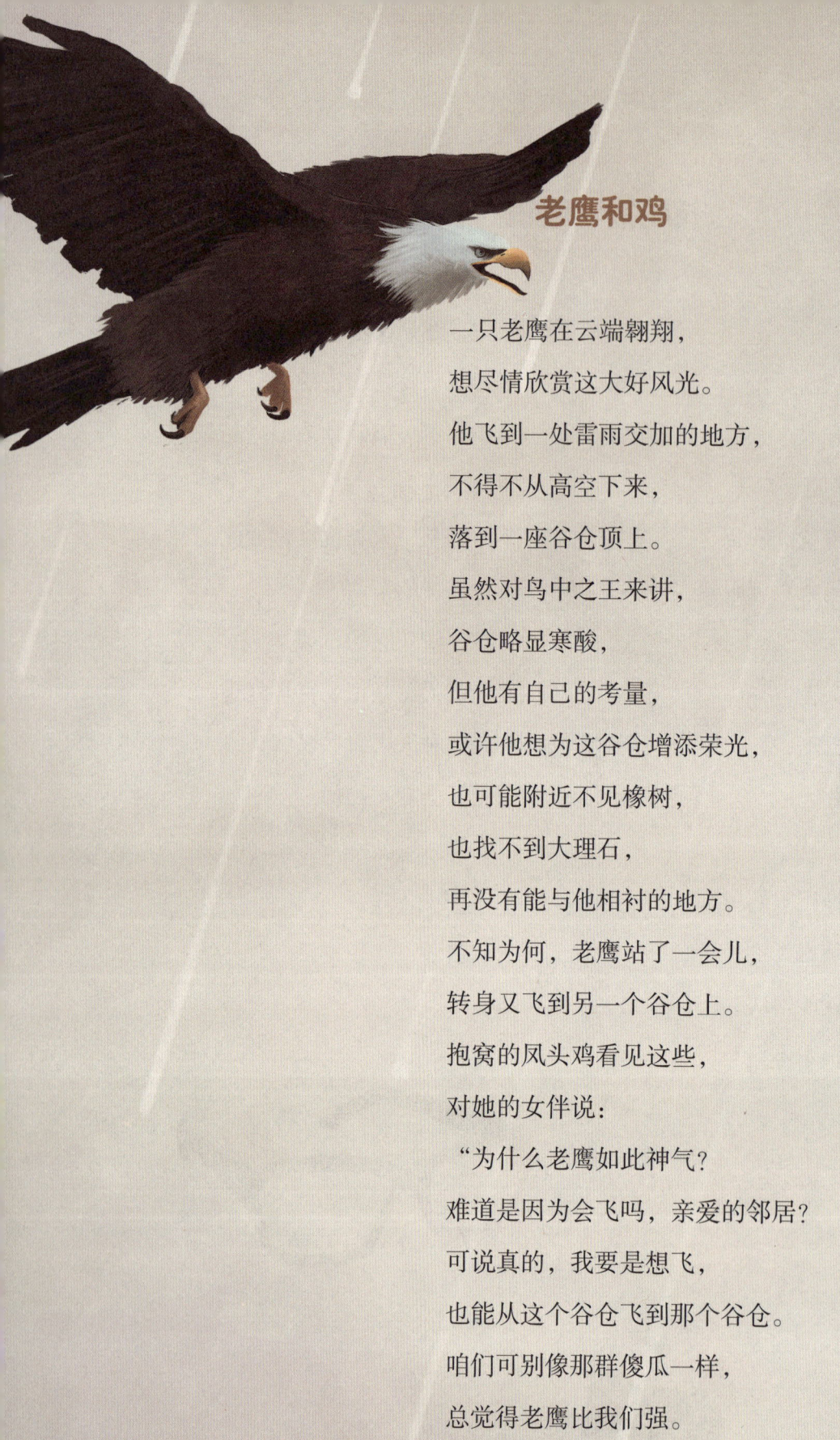

一只老鹰在云端翱翔，

想尽情欣赏这大好风光。

他飞到一处雷雨交加的地方，

不得不从高空下来，

落到一座谷仓顶上。

虽然对鸟中之王来讲，

谷仓略显寒酸，

但他有自己的考量，

或许他想为这谷仓增添荣光，

也可能附近不见橡树，

也找不到大理石，

再没有能与他相衬的地方。

不知为何，老鹰站了一会儿，

转身又飞到另一个谷仓上。

抱窝的凤头鸡看见这些，

对她的女伴说：

"为什么老鹰如此神气？

难道是因为会飞吗，亲爱的邻居？

可说真的，我要是想飞，

也能从这个谷仓飞到那个谷仓。

咱们可别像那群傻瓜一样，

总觉得老鹰比我们强。

他的爪子和眼睛跟我们一样大,

现在你也看到了,

他们在低空飞起来和我们鸡一样。"

老鹰听到鸡的胡言乱语,

忍不住说:

"你说得有理,但不全在理。

老鹰有时确实比鸡飞得低,

可鸡却永远不能飞到天上去!"

在评价别人时,

说起缺点总是非常容易,

但更重要的是,

看到别人的强大和魅力,

发现他们的能力所及。

狮子和豹子

很久很久以前,为了争夺领地,

狮子和豹子进行了旷日持久的战争。

用规则解决问题,从不是他们的本性。

实力占上风的一方总是盲目自信,

他们始终信奉胜者为王。

但打斗终究得停止,

因为他们的爪子已不再锋利。

双方现在想按规矩行事,

停止战事,解决分歧,

然后按照惯例,

在新的冲突发生之前,

签订永久和平协议。

"我们得尽快指定各自的秘书。"

狮子向豹子建议,

"他们怎么决定,我们就怎么处理。

我呢,会指派猫儿过去,

虽然这小东西相貌平平,但内心纯净。

你就派驴子过来,

他可是远近闻名的精英,

顺便说一句,
去哪里找让人如此羡慕的兵!
相信我,朋友,
就算是你的军师和谋士
也比不上他一只蹄子。
等他们商量好后,
我们就按这个协议执行。"
豹子答应了狮子的提议,
只不过他没派出驴子,
而叫了狐狸过去,
代表他商量事宜。
豹子显然明白其中的道理:
"越是敌人极力夸赞的,
我们就越得小心注意。"

分　利

有这么几位本分的商人，
共同经营一间商铺，
他们的生意还行，赚了很多钱，
于是结束了买卖，开始分利。
分利怎么少得了分歧？
他们为钱为货物吵得不可开交。
突然有人喊道："店铺着火了，
快！快去抢救里面的货品！"
其中一个商人叫道："快去吧！
这笔账我们以后再算。"
另一个人却喊：
"先将我那一千块补足就行。"
又一个人不乐意了：
"我哪儿也不去，
我的两千还没结清，
现在账目不分明。"
还有人喊："不行，不行，

我绝不同意！
必须把账算分明。"
这些人为了分利纠缠不清，
忘了店铺着着火，
直到黑烟把他们呛得不轻，
把他们的财产烧得一干二净。

面对重大的灾祸或是困境，
大家本应上下一心，
可实际往往都同归于尽，
只因每个人都有自己的私心。

木 桶

有人把木桶借给朋友用了几天。
帮助朋友可是最神圣的事!
但要谈到借钱,就是另一套说辞,
什么友情,天王老子来借都不行。
借桶而已,又有什么不行?
桶还回来后,里面又装满了水。
本来都挺好,只有一点不妙,
因为被朋友拿去装酒,
葡萄酒在这桶里泡了两天,
以后不论放格瓦斯[①]、
食物还是啤酒,
葡萄酒的味道一直都有。
主人一整年都在处理这只木桶,
又是上锅蒸,又是晒干通风,
但不论往木桶里倒什么,
葡萄酒的味道总是挥之不去。
最后没办法,
这只桶只好被丢掉了。

各位看官,
看了这则故事可不要忘记:
一旦年轻时不学无术,
沾上恶习走向歧途,
以后在待人接物时,
就算多注意言行,
恶习早晚会暴露无遗。

[①] 俄罗斯的一种发酵饮料。

狐狸和土拨鼠

"大嫂,你这头也不回,
是要去哪里?"
土拨鼠问狐狸。
"哦,我的大兄弟!
我蒙受冤屈!他们说我受贿,
把我赶了出来。
你知道的,我在鸡舍当法官,
不顾身体,任劳任怨,
忙起来连吃口饭都来不及,
晚上也睡不踏实。
如今我却因为受贿犯了众怒,
可这些全都不是事实!

您想想如果只听信谣言,
这世上哪还有正义二字?
说我受贿?难道我疯了吗?
请你替我做证,
我何时有过这种罪行?
快好好回忆回忆。"
"不,大嫂,我倒是常常看到
有很多鸡毛在你嘴里。"

只要不做亏心事,
就没人说你,
就像说那只狐狸偷吃过鸡。

路人和看门狗

傍晚,两个朋友在街上商量事情,
突然从大门口冲出条狗,
朝他们大声叫嚷,
紧接着又出来一条,
然后又跟来两三条……
一时间从四面八方
钻出来五十多条狗,
其中一人拿起了石头。
"哎,得了吧,伙计!"
另一个人拦着说,
"你没办法不让狗叫,
这只会让他们更加兴奋。

不用管他们,
咱们继续往前走,
他们的本性我最知道。"
果然,走出大概五十步远,
狗的叫声渐渐消失,
最后变得静悄悄。

善妒的人不管看到什么,
都会大声乱叫,
你只管把自己的路走好,
他们叫累了,
自会降下声调。

老鹰和蜜蜂

一个风光体面、功成名就的人是幸福的，

因为全世界都见证了他的荣光，

这也更使得他斗志昂扬，

但那些底层的人们同样值得铭记，

他们勤勤恳恳，死而后已，

不贪图荣誉，不追名逐利，

心中只有一个念头：为了大家的利益。

有一天老鹰看到蜜蜂在花丛间忙碌，

他轻蔑地对蜜蜂说：

"瞧瞧，可怜虫，

我为你和你付出的劳动以及你的本领

感到惋惜。

整个夏天，

成千上万只蜜蜂在那里筑巢，

谁会记录分工，

最后专门为你的劳动表示赞扬。

说实话，我不理解这种思想，

辛辛苦苦一辈子，到底为谁忙？

最后还不是和芸芸众生一样消亡!
我就不一样!
当我张开翅膀,在天空翱翔,
恐怖的气氛也随之蔓延四方。
鸟儿不敢飞上天空,
牧人不敢打盹儿,紧盯自己的牛羊,
就连飞奔的鹿远远看到我,
也会马上躲起来不敢张扬。"
蜜蜂回答道:"你的确值得称颂和赞扬!
就连天神都忍不住为你鼓掌。
而我生来就是为了大家而忙,
并不想因为自己的工作受到夸奖,
每当看到蜂巢我都十分欣喜,
因为知道里面有我采的花蜜。"

公鸡和珍珠

公鸡在肥料堆里拨弄,

找到一颗珍珠,

他说:"这东西有什么用?

一点儿价值也没有!

人们还把它当个宝,

是不是很傻?

老实讲,

它还不如一颗麦粒能让我高兴,

虽然麦粒不显眼,

却能填饱我的肚子。"

无知的人就是这样,

总是把自己不理解的东西

贬得一文不值。

驴子和夜莺

驴子看见一只夜莺,
对他说:"听着,老弟,
人人都说你唱歌好听,
能不能给我唱几句,
看看是不是真的那样好听?"
夜莺开始施展歌喉,
声音婉转,清亮动听,
时而高亢,时而低沉,
歌声如芦笛般悠远,令人陶醉,
又如颗颗珍珠散落在草丛。
听到这被极光女神眷顾的歌声,
风儿停下脚步,鸟儿不再喧闹,
牛羊卧倒在草原,
牧人屏住呼吸用心欣赏,
不时望着身旁的姑娘,嘴角上扬。
夜莺唱罢,驴子低头看着草场,
"相当不错,"他说道,
"你的歌声能让人心情舒畅,

只可惜你不认识大公鸡,
你可以跟他好好学习,
你的歌声会更有魅力。"
听完这些,
我们可怜的夜莺一跃而起,
头也不回向远方飞去。
老天爷,
千万不要让我们碰到这样的蠢驴。

商人和鞋匠

有钱的商人住在豪宅里,
每天吃香喝辣、大摆宴席。
他拥有的财富无法估计,
不管你要什么,甜食或美酒,
家里应有尽有,
总之他仿佛生活在梦境里!
可商人却有个烦恼,
总是睡不好觉。
他或许是害怕老天爷的惩罚,
也可能是担心破产后穷困潦倒,
反正从来没有睡过一天安稳觉。
他偶尔好不容易在天亮前睡着,
却又有新的事情将他打扰:
他有一位爱唱歌的邻居,
住在他对门旁边的茅草房里。

邻居是个鞋匠,
每天都快乐地歌唱,
从早唱到晚,从白唱到黑,
吵得商人无法好好睡觉。
该怎么跟邻居谈谈,
让他不要再这么聒噪?
命令他不要唱?
商人没有权利。
恳求他安静?
他应该也不会搭理。
商人想了又想,
最终将鞋匠请到家里。
鞋匠上门后,商人说:
"你好,亲爱的朋友!"
"你的好意问候,我十分感激。"
"那么,克里姆兄弟,
生意做得还可以?"
(既然有求于他,
商人自然知道他的姓名。)
"生意?老爷……哦!还行!"
"难怪你整天唱得这么高兴。
你是不是每天都过得很开心?"
"怨天尤人不好,何必自寻烦恼?

我时时刻刻都在工作,
妻子年轻漂亮,照顾周到,
家有贤妻百日好,这谁都知道!"
"你有钱吗?"
"嗯……多余的钱没有,
但也因此不会有其他心思。"
"这样啊,我的朋友,
你不想变成有钱人?"
"我可没这么说,对现在的生活,
我心怀感恩。但是老爷,
您也知道,人只要活着就总有所求。
这个世界就是这样,
大家都想往高处走。
依我看,即使拥有如此财富,
您肯定还嫌不够。
变成有钱人,倒也可以追求。"
"你说得很对,朋友,
我们虽然富有,
但也总有事情烦忧。
尽管人们常说,贫穷不是罪过,
但粗茶淡饭总不及有吃有喝。
我很欣赏你,这袋卢布请拿去,
愿老天保佑你用这笔钱做成大生意。
记住,这笔钱不能随意挥霍,
只能在需要时拿来应急。

五百卢布已相当可观。再见!"
我们的鞋匠赶忙把钱袋藏进怀中,
回家的路上,他脚步轻快,
仿佛飞起来一样。
夜晚他把钱袋埋进地里,
还有他的快乐同时也埋了进去。
他不仅不再唱歌,
就连梦也不再光顾。
(这下终于知道失眠的滋味了!)
他变得多疑,又小心翼翼,
即使是猫儿夜晚的抓挠,
他也觉得是小偷在打钱袋的主意,
他身子发凉,竖起耳朵细听。
一句话,他的生活不再安宁,
甚至想要跳到河里去。
鞋匠想啊想,终于开了窍。
他挖出钱袋,将它还给商人说:
"谢谢您的好意,
这一袋钱请收回去!
没得到它之前,
我一直都睡得挺好。
请您好好享受富有的生活吧!
对我来说,即使是一百万,
也没有我的歌声和美梦重要。"

主人和老鼠

如果家中惨遭盗窃，
又没抓到小偷，
那么千万别听信谣言，
也不要不加区分惩罚所有人。
这样既不会抓住坏蛋，
也不能将事情解决，
只会让好人离你越来越远。
捡了芝麻，丢了西瓜！

商人盖了一间粮仓，
里面存放了很多口粮。
为了不让老鼠偷吃，
他成立了一支猫儿纠察队。
猫儿日夜看护着粮仓，
从此商人不再担心神伤。
本来一切都好，突然事情反常：
纠察队里有人偷了口粮，

猫儿也和人一样，
经常有监守自盗的情况。
（这还有谁不知道呢？）
然而，商人没有暗自调查，
惩恶扬善，将正义伸张，
而是命令将所有猫儿毒打一顿。
听到这莫名其妙的决定，
无论好猫坏猫，
都急忙从他家走掉。
这下我们的商人失去了所有的猫，
而老鼠们终于等来这一遭——
只有猫走了，
他们才能在粮仓狂欢。
两三周过去，
所有口粮都被老鼠吃光。

大象与哈巴狗

大象被人领到路上,
看来是想让大家好好观赏。
都知道大象在我们这儿很少,
因此人们都跟在后面看热闹。
不知从哪儿蹿出一只哈巴狗,
迎面扑向大象,向他狂吠又狂跳,
像要冲上去和大象比比摔跤。
"我说停下吧,别丢人了。"
一只长毛狗对她说道,
"难道你还想和大象比试摔跤?
看吧,你嗓子都喊哑了,
人家还是往前走自己的道,
你再怎么叫,他也听不着。"

"嘿嘿!"哈巴狗回答道,
"光是这样就能让我声名加倍,
虽然没有跟他上去会会,
但我已经是无畏的勇士。
以后别的狗会说:
'哦,那只哈巴狗可真厉害,
敢对着大象狂吠!'"

农夫和狐狸

"告诉我,小伙计,

你为什么这么喜欢偷鸡?"

农夫遇见狐狸问道,

"我真的替你惋惜。

听着现在只有我们两个,

我来给你讲讲道理:

要知道你干的那些勾当伤天害理,

更别说偷盗是犯罪,

昧良心做事,

全世界的人都会咒骂你。

我们没有一天不在担心,

怕你钻进鸡笼偷吃,

弄得鸡毛满地。

难道那些鸡就活该死去?

你甘心过这种生活?"

狐狸回答道:

"一想到这些我也痛心自己,

连吃饭都提不起兴趣。

希望你有天能理解,

我的心肠其实很好。

可我该怎么做?
生活困难，孩子还得吃饱。
亲爱的朋友，您也知道，
这世上的小偷除了我还有不少，
干这种事情时，
我心里像插了把刀。"
"果真这样？"农民说道，
"只要你没有说谎，
之前的罪过我都可以不计较。
我给你找个干净的营生，
帮我看护鸡舍不被其他狐狸骚扰。
狐狸有什么馊主意，
也只有狐狸最知道。
这样你就不必担心吃不饱，
在我这儿吃香喝辣很逍遥。"
双方当场成交。
从那时起，
狐狸每天在鸡舍放哨，
他跟着农民，生活越来越好。
农民很富有，狐狸很满足。

狐狸的伙食不错，
身形也胖了不少。
但他还是没彻底变好，
狐狸很快厌倦了
合法得来的食物，
这位老兄终于压抑不住本性，
趁着夜黑风高，
咬死了全鸡舍里的鸡。

真正有良知、懂规矩的人，
不管遇到什么困难，
都不会想走歪门邪道，
而就算给本性凶恶的人一百万，
他也不会好到哪里去。

狗

贵族老爷养了只调皮狗，
生活衣食无忧。
要是别的狗能像他这样，
早就心满意足，别无所求，
更不会想着去偷。
可这只小狗有个癖好，
不管在哪里看到肉，
总会上前一口叼走。
为此不知挨了主人多少揍，
但他的恶习依旧。
主人的朋友听说后，
也来帮忙管教狗。

"听我的，"朋友说，
"你每次揍他后
都让他把偷来的肉吃掉，
看似是严格管教，
其实是纵容他偷盗。
下次再看到偷来的肉，
你就马上从他嘴里夺掉，
这可比打他多少次都奏效。"
主人按照朋友的建议试了试，
果然小狗再也不敢偷盗。

狼和狐狸

自己不需要的东西,
送给别人从不小气。
这则故事请听仔细,
因为人们不太能接受
直截了当说出的道理。

狐狸美美地吃一只鸡,
随后就将剩下的肉藏好,
傍晚她趴在草垛下小憩,
看见饿坏了的狼来找自己。
"唉,大姐,真不走运,"
狼说道,
"今天连找根骨头都不容易,
饿得我身心俱疲。
狗太凶,牧人也很警惕,
快把我逼得上吊去!"
"真的吗?"

"是真的!"
"可怜的兄弟,
要不要来点儿干草?
瞧这草垛,
兄弟你可以随时来取。"
可这兄弟需要的不是草,
而是肉皮。
狐狸对藏起来的肉只字不提,
可怜的狼什么也没得到,
只被好话安慰了几句,
无奈只得空着肚子回家去。

风　筝

一只风筝飞上云端,

它低头看到了山谷中的蝴蝶。

"你信不信?"

风筝喊道,

"我费了好大的劲儿才看到你。

承认吧,

你很羡慕我能飞到天上去。"

"羡慕?怎么会!

您的生活再美我都不羡慕。

飞得再高,

还不是被绳子牵了去。

我的朋友,

这样的生活一点儿也不自由。

虽然我不能飞太高,

但想飞去哪里,

就飞去哪里。

我可不想像你这样被限制,

一辈子做别人的玩具。"

天鹅、狗鱼和虾

当伙伴们出现分歧，
做事情就不会齐心协力，
等待他们的不是成功，而是打击。

天鹅、狗鱼和虾是三兄弟，
有一次他们套上大车，
一起拉满满一车行李。
他们累得气喘吁吁，
可大车仍停在原地。
其实他们完全有力气，
但天鹅只想飞上天，
虾一个劲儿往后撤，
而狗鱼一心想跳进水里。
谁对谁错我们不去评判，
只是大车至今还停在那里。

花 朵

一间富丽堂皇的屋子开着窗,
几个手绘的瓷花盆被摆在窗台上,
主人将假花和真花一起插在花盆里。
假花挺直铁丝做成的花茎,
高傲地摇晃着花瓣,
向大家炫耀她的美丽。
突然天空下起小雨。
绸子做的假花一边哀求老天,
能不能让雨停下来,
一边咒骂大雨。
"老天啊,"她们祈祷道,
"您快让雨停下来吧!
下雨有什么意义?
世上还有什么是比它更坏的东西?
你看,路上到处都是水坑和泥泞,
行人都没办法通行。"
但是老天没有理会这苍白的提议,
雨滴照样落了下去。
它赶走了炎热,
仿佛一切都开始变绿,
大自然又有了生机。

窗台上的真花都恢复了元气，
竞相绽放着自己的美丽。
经过了雨水的洗礼，
她们更加鲜艳、娇嫩、芳香扑鼻。
而这场雨让那些可怜的假花，
从此失去了本来的艳丽，
被主人当作垃圾，扔了出去。

真正有才能的人
不会因别人的批评而生气，
批评不会改变她们的本色，
只有假花才会害怕下雨。

马和骑手

骑手训练的一匹马,

非常听从主人的想法。

骑手几乎不用晃动缰绳,

马儿就能听懂他的话。

骑手说:

"这么听话的马儿不用拴着了吧!

没错,这个主意真伟大!"

骑手把马儿牵出,

将缰绳从他头上摘下。

感受到自由的马儿,

一开始只是快跑几下,

抬抬脖子,抖抖鬃毛,

马蹄在地面俏皮地敲打,

仿佛想让主人夸一夸。

但很快,马儿发现没有了束缚,

原始的本性控制了他。

这匹马突然兴奋起来,

眼神也变得可怕,

再也不听骑手的话。

他飞速奔跑,

穿过一片片田野,

而马背上可怜的骑手,

双手颤抖,

想去给马儿重新套上缰绳,
却没有办法。
马儿上蹿下跳,
越来越暴躁,
最后骑手摔下了马。
马儿却仍像狂风一样咆哮,
横冲直撞,四处奔跑,
终于四肢朝上跌落山脚,
一命呜呼了。
骑手悲痛地说道:
"我可怜的马儿啊,
都是我不好!

早知不该给你卸下缰绳,
那样我肯定能控制好,
我既不会摔下马,
你也不至于就这样死掉!"

对人们来说,
自由就算听起来再好,
如果不加以限制,
那也会变成毒药。

善良的狐狸

春天，一只知更鸟被射死，
然而不幸却仍在继续，
留下三只孤独的幼鸟，
也即将要丢掉生命。
这些小鸟刚刚破壳，
茫然无助也没有气力，
就这样忍受着饥饿和寒冷，
叽叽喳喳唤不回自己的母亲。
"这可怜的孩子们，
谁看了不难受、不痛心？"
狐狸卧在鸟巢对面的石头上，
对其他鸟儿说道，
"亲爱的，你们不要扔下这群小可怜，
哪怕送来几根稻草或是几颗谷粒，
你们要让他们活下去，
这是多么伟大的善举！
杜鹃，你看，你经常更换羽毛，
倒不如拿这些为他们铺床，
这样掉落的羽毛会更有意义。
你哪，百灵鸟，
常飞来飞去，上天入地，
你可以去田间草地找些吃的，
给这些孩子送去。

还有你，斑鸠，
你的孩子都长大了，
能自己养活自己，
你可以离开鸟巢，
来这里和三只幼鸟住在一起，
你的孩子们自有老天关心。
燕子呢，可以去捉几只虫
送给他们当点心。
还有你，亲爱的夜莺，
你的歌声能将万物吸引，
你可以趁着微风轻轻摇晃着鸟巢，
再哼唱几首歌曲哄他们睡去，
我相信，如此优美的旋律，
一定能抚慰他们痛苦的心灵。
听我的吧，我们要证明
这森林中有很多善良的心，有……"
还没说完，
三个可怜的小家伙
再也不能忍受饥饿，
朝狐狸那边跌落。
满怀善心的狐狸，
一口吞掉了他们，
再也没有啰唆。

读者朋友，这并不稀奇！
真正的善良不只是嘴上提起，
而是要默默为他人出力。
有些人只将善良大谈特谈，
其实是在劝别人付出，
反正自己不会损失毫厘。
这样的人，都是狐狸的亲戚。

四重奏

调皮的猴子、驴、山羊和笨笨的熊,
想一起来个四重奏。
他们找来乐谱、大提琴、中提琴和小提琴,
坐在菩提树下的草地上,
准备用才艺惊艳整座山林。
他们拉着琴弓,吱吱呀呀,声音刺耳难听。
"停,兄弟们,快停!"猴子叫道,
"我们先等一下!乐曲不好听,
恐怕是我们的座位不行。
小熊,你拉大提琴,要坐在中提琴对面,
我是首席小提琴,
也要坐在第二提琴对面。
这么一来音乐就会动听,
让山川森林都听得跳起轻盈的舞蹈!
安排好座位后,四重奏重新开始,

可声音依旧很难听。

"等一下,

我知道原因在哪里!"

驴子喊道,

"只要我们并排坐着,

乐曲就一定会和谐。"

大家听了驴子的建议,

老老实实地坐成一排,

可四重奏还是不和谐。

他们开始为如何排座位而争吵,

越吵越激烈。

正巧一只夜莺闻声飞来这里,

大家连忙向他请教。

"不好意思,"他们说,

"占用您些时间,劳您费心!

帮我们把这四重奏捋清。

乐谱和乐器我们都有,

您只需告诉我们,

该如何排座位就好。"

"成为音乐家需要技艺,

还要有辨别音乐的能力。"

夜莺回答,"而你们呢,

不管坐在哪里,

胡乱弹奏只会产生噪音,

不可能像音乐家

演奏得那样好听。"

捕猎的狮子

狗、狮子、狼和狐狸,
他们曾经住在一起。
为了能捕到猎物,
彼此间立下规矩:
不管是谁捉到什么,
都要拿来一起商议。
狐狸不知用何方法,
也不知在哪里抓来一只鹿。
他派动物向伙伴们通风报信,
一起来分享这巨大的战利品。
这确实值得高兴!
大家很快赶到,
狮子伸伸爪子,
环视一圈,
提议由他自己把猎物分清。
狮子说:"咱们兄弟有四个,"
说着将鹿肉分成四份,
"现在来分一下吧!瞧,
按照约定这份归我;
那份还归我,
因为我是狮子,不容置疑;
第三份也是我的,
因为我最有力气;
谁要敢伸手碰剩下的那份,
就别想活着离开这里!"

小老鼠和大老鼠

"邻居,听没听说这个好消息?"
小老鼠朝大老鼠跑去,
"听说大猫落到了狮子手里。
现在我们终于能喘口气了!"
"别高兴了,我的兄弟。"
大老鼠对他说,
"痴心妄想!
既然他们碰到一起,
我觉得狮子肯定活不下去。

要知道,比猫强大的动物
还不知道在哪里!"

这种人经常能见到,
你肯定也曾留意。
当一个胆小鬼害怕某人,
他会认为,
整个世界都会和他一样,
对那人卑躬屈膝。

蚊子和牧人

牧人在树下打盹儿,猎犬在一旁放哨,

藏在草丛里的毒蛇,看到这些,

吐着芯子,慢慢爬到牧人身旁。

眼看牧人就要被咬死,

一只蚊子出于怜悯,

用力叮在酣睡的人身上。

牧人醒了,打死了蛇,

但在这之前先抓住了蚊子,

可怜虫就这样消失在世上。

这样的例子还有很多,

就算弱者出于善意刺痛强者,

想让他睁开双眼看清真相,

等待他的下场,

只会和这蚊子一样。

影子和人

淘气鬼想抓住自己的影子:
他朝影子靠近,
影子就向前走去,
他快追几步,
影子也快跑几步,
最终他跑了起来,
不管他跑多快,
影子似乎总比他更快,
就像你无比喜爱,
却永远得不到的宝贝。
淘气鬼突然后退,
回头一看,
影子正在他身后追。

我听过很多次,
有人费尽时间和心力
去追求幸运女神,
却怎么也得不到她的垂青;
而有人看起来对她毫不在意,
幸运女神反而会自己追他。

狮子和狼

狮子抓了只羊羔当早餐。
一只小狗围着狮子的餐桌转来转去,
从狮子脚下叼走一块羊肉。
狮子毫不在意,
也没有生气。
小狗太小,还不明白道理。
狼看着这一幕,心里有了主意,
既然狮子这么温驯,
肯定不会强大到哪里去,
于是他也将爪子向羊羔伸去。
只是狼没那么走运,
自己进了狮子的嘴里。

狮子一边撕咬着狼,
一边说:"我说兄弟,
别以为你学了小狗的模样,
我也会对你姑息。
他涉世未深,
你可早就该懂得规矩!"

狗、人、猫和鹰

从前,狗、人、猫和鹰,

发誓要做一辈子的朋友,

长长久久、朴实真诚。

他们同吃同住,

发誓要同甘共苦,相互帮助,

必要时甚至可以牺牲自己的生命。

有一次他们离开家去打猎,

走得很远,筋疲力尽,

于是,决定在小溪边休息,

有的躺着,有的坐着,

渐渐都有了睡意。

突然,从树林里钻出一头黑熊,

张着大嘴,朝他们冲来,

眼看大祸临头。

只见老鹰飞上天空,猫儿躲进树林,

而人差点儿命丧熊口,

只有忠诚的狗与猛兽死死纠缠。

狗一口咬住黑熊,

不管被黑熊折断骨头,

也不管黑熊因疼痛发出的吼声;

狗始终紧咬不松口,

拼尽全力坚持到最后。

而人呢?

实在惭愧!要论忠诚,

不是所有人都能和狗相比。

当狗和黑熊搏斗的时候,

人拿起自己的武器,

头也不回地向家跑去。

甜言蜜语、山盟海誓,嘴上说说容易,

朋友之间,只有患难才能见真情。

这样的真朋友不多,值得珍惜!

现实中,经常见到另一种朋友:

就像故事中的人将忠诚的狗抛弃,

这种人在困境时受到朋友的照顾,

保全了自己,

而朋友落难时,他却见死不救,

还在背地里对别人阴阳怪气。

乌 云

被酷暑晒干的大地渴望一场大雨。
这时天空飘过一大块乌云,
但他没有让一滴雨滋润田地,
反而将雨滴全部落到了大海里。
即便这样,
他还向高山炫耀自己的慷慨大气。
"你的这种大气,
究竟有什么意义?"
高山对乌云愤怒地说道,
"你现在不会痛心吗?
你要是把雨滴洒向干旱的田地,
能使整个地区的人们免于灾荒和饥饿。
而大海没了你,照样可以活下去!"

藤 草

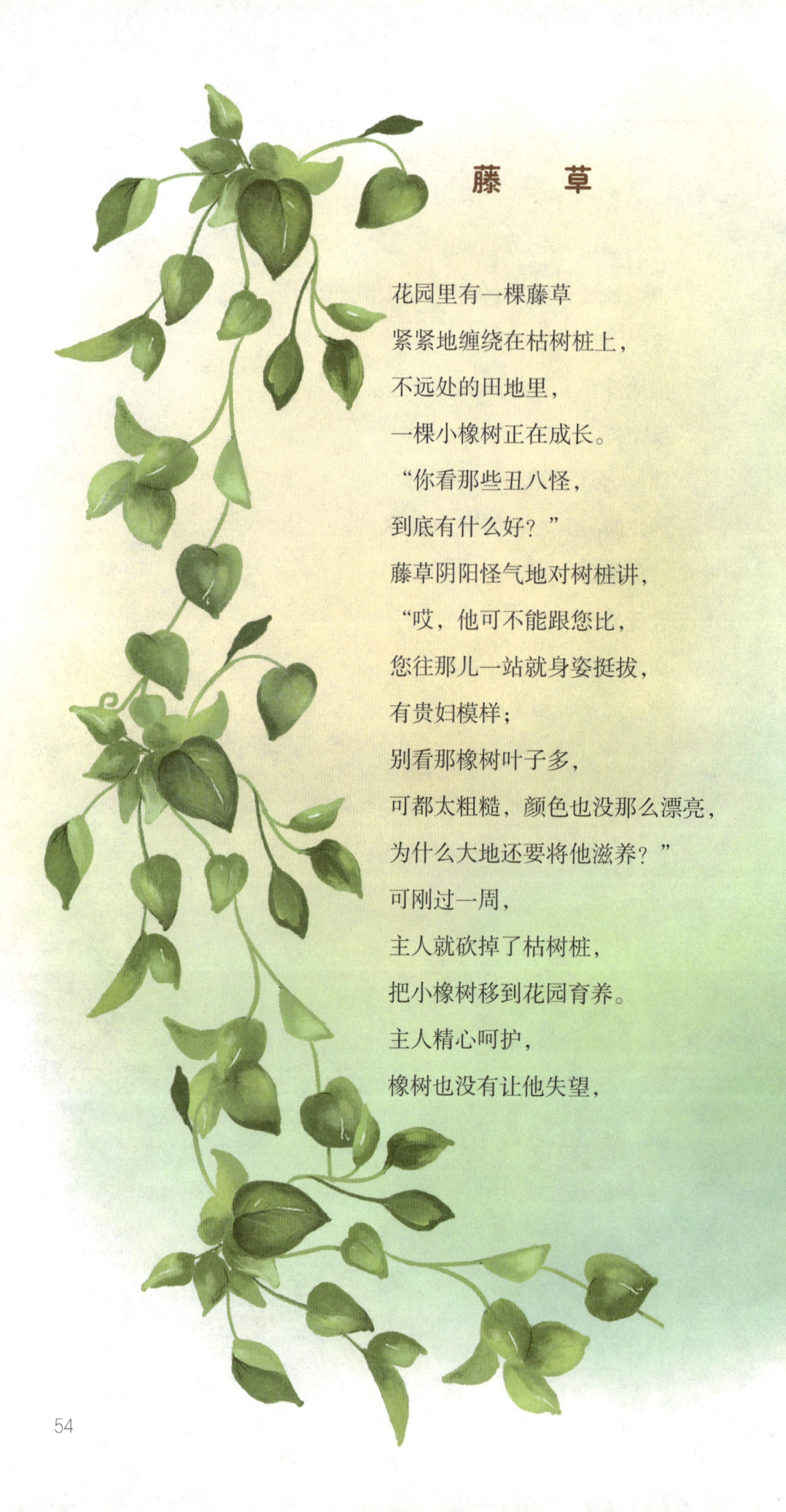

花园里有一棵藤草

紧紧地缠绕在枯树桩上，

不远处的田地里，

一棵小橡树正在成长。

"你看那些丑八怪，

到底有什么好？"

藤草阴阳怪气地对树桩讲，

"哎，他可不能跟您比，

您往那儿一站就身姿挺拔，

有贵妇模样；

别看那橡树叶子多，

可都太粗糙，颜色也没那么漂亮，

为什么大地还要将他滋养？"

可刚过一周，

主人就砍掉了枯树桩，

把小橡树移到花园育养。

主人精心呵护，

橡树也没有让他失望，

树根深扎泥土,
枝芽舒展,
渐渐变得粗壮。
再看那藤草,
已经爬到橡树身上,
从此橡树听尽藤草的夸奖!

拍马屁的人就是这样,
平时到处对你污蔑诽谤,
不管你如何尽心尽力,
都不会得到他的一句赞扬;
可如果你有朝得势,
他会首先围上来,
换一副殷勤谄媚的模样。

青蛙和天神

一只青蛙,原本住在山脚下的池塘。
春天,他搬到了山上,
在那里找到一块背阴的地方,
搭了间小房。
那里有草木,有树荫,
简直像活在天堂。
可快乐的日子没有延续太长,
夏天来了,炎热异常。
青蛙的别墅逐渐干涸,
苍蝇都能在房顶上悠闲散步,
而不用担心双脚被沾湿。
"啊,天神老爷们!"
青蛙在洞穴里祈祷,
"请你们救救可怜的我!
要是能让大雨漫到山上,
那我的庄园,
就永远不会像现在这样干。"
青蛙呱呱不停地抱怨,
最后都对天神翻了脸,
说他铁石心肠,坐视不管。

"放肆无礼!"天神大喊,
(看样子,他并没有生气。)
"你就是喜欢呱呱乱叫,胡搅蛮缠。
我怎么能为了你个人的愿望,
让这么多人被淹?
难道你就不能往山下的池塘搬?"

现实中这样的人随处可见,
除了自己,对所有人都毫不挂念,
他们只顾自己开心,
哪怕大火遍地蔓延。

狼和牧人

狼经过牧人的院落，

透过栅栏，

看到牧人从羊群挑出一只肥美的羊。

牧人不慌不忙将羊的肚子划开，

取出内脏，

而此时狗安静地卧在一旁。

狼离去时愤愤不平，

小声嘟囔：

"要是做这个事情的是我，

不知道你们会怎样声张！"

守财奴和母鸡

越是什么都想得到,
越是什么都得不到。
我相信这样的例子数不胜数,
很容易就能找到。
但我今天懒得寻找,
讲一则以前的故事请听好:

从前有个守财奴,
他既没有工作,
也不会什么手艺,
但钱总是能塞满他的抽屉。
只因他有一只母鸡,
这只鸡不下普通的蛋,
只下黄金。

财富就这样慢慢累积,
换了其他人别提会多开心!
但守财奴并不满足,
他萌生出一个主意:
将鸡肚子剖开,
取出所有的黄金。
他忘掉母鸡对他的恩惠,
也不顾忘恩负义的骂名,
手起刀落杀了母鸡。
你猜怎么着?
报应来临!
鸡肚子里没有金子,
只有一肚子内脏。

蚂　蚁

有只蚂蚁力大无比，
连历史学家都确信，
从古至今无人能敌。
他甚至能一下举起两颗硕大的麦粒！
他的勇敢也令人称奇，
不管在哪儿看到小虫，
他都一口咬上去，
就算与蜘蛛狭路相逢也毫不在意。
在蚂蚁王国里，
他享有崇高的声誉。
蚂蚁们只要交谈，
没说几句就会将他提起。
夸赞多了有害无益，
但这只蚂蚁却十分得意，
他喜欢这些赞誉，
全都听进心里。

最终，他被夸得晕头转向，
还想进城比一比，
让更多人崇拜自己。
他爬上一辆装干草的大车，
高傲地和农夫坐在一起，
大摇大摆进城去。
唉，可他的自尊受到巨大打击！
他以为大家看到他会将他围住，
就像围观大火四起，
但人们各忙各的事情，
并没有人将他在意。
我们的小蚂蚁，
拖来一片树叶，
一会儿按倒在地，
一会儿把它举起，
但仍旧没人注意。

最后疲惫的蚂蚁踢踢腿,伸伸腰,
向卧在大车旁的一条狗抱怨道:
"你说,城里人是不是没有眼光,
不懂道理?
我在这里展示了一小时,
他们都没有注意,这不合情理。
要是在我们蚂蚁王国,
谁也不会这样无礼。"
蚂蚁带着屈辱回了家。
世界上还有很多这种小机灵,
他们自以为名扬天下,
其实知道他的,
不过只有几只蚂蚁。

牧人和大海

牧人在海边,搭起一间舒适的茅屋。

他还养了几只小羊,

在海边平静地度过一天又一天。

他不知何为富贵贫贱,

一直很满意自己的生活,

过得比皇帝还要悠闲。

但当他看到一艘艘货船从海上驶来,

奇珍异宝都堆成了山,

一箱箱贵重的货物被卸下,

一间间仓库被填满,

看着这些商人越来越有钱,

牧人被迷惑了双眼。

他卖掉羊群、茅屋,置备了些盘缠,

坐船出海,渐行渐远。

但他并没有走多远,

不久,他就见识了大海的危险。

海岸刚刚消失,风暴四起,

船被掀翻,货物也都消失不见。

牧人用尽心力才将性命保全。

这次还得感谢大海,
牧人又放起了羊,但不同的是,
以前他看管自己的羊,
如今是为别人站岗。
给人打工虽然贫穷,
但只要忍耐苦干,
有什么事做不成?
披星戴月,省吃俭用,
他逐渐有了积蓄,
买了自己的羊群,
又过上了牧人的生活。
这一天阳光明媚,
牧人坐在海边放羊。
他看到海上没有一丝风浪,
货船驶离码头,慢慢地航行在海上。
"朋友!"牧人说道,
"你又在打钱的主意。

不过要想再拿走我的钱,
那是痴心妄想!
你去找别人吧!
我的钱已经被你搜刮殆尽。
我要看看你怎么将别人蒙蔽,
你休想从我这儿拿走一戈比①。"

故事至此本无须多提,
但我还想要多说几句:
与其追逐虚幻的希望,
不如抓住实在的东西。
千百人因为这幻想遭遇不幸,
没有上当的却寥寥无几。
不管别人怎么说,
我始终坚信,
前路如何,那是天神的旨意,
已经获得的要倍加珍惜!

---
① 戈比是俄罗斯等国的辅助货币。100 戈比 = 1 卢布。

农夫和蛇

一条蛇爬到农夫身旁,
对他说:"老兄,
我们和睦相处吧!
你现在不用对我设防。
看,我在春天蜕了皮,
现在已是另外一副模样。"
农夫没有相信蛇这番说辞,
他一把抓起斧头,说:
"就算你穿了新衣裳,
可你的心还是老模样!"
说罢把蛇砍死了。

一旦别人对你失去信任,
就算你再怎么改头换面,
也不会得到别人的原谅。
下场就像这条蛇一样。

狐狸和葡萄

饥饿的狐狸溜进葡萄园，
看见里面葡萄一串串，
熟得红彤彤发亮，
狐狸看得直流口水，
眼睛发光。
奈何葡萄高高挂在藤上，
只能干饱眼福，
无法亲口尝一尝。
就这样折腾了一个钟头，
狐狸离开时还嘟嘟囔囔：
"唉，其实也没啥，
只是看上去好吃，
里面还有青的没熟呢！
咬一口就会酸掉牙！"

勤劳的熊

黑熊看到农夫在制作马轭①，

并将它卖出去赚了很多。

（木头打弯做成马轭需要耐心，

一气呵成万万不可。）

黑熊也想靠这生意过活，

他在树林里又是砍，又是剥，

胡桃、白桦和榆树，

拔下一棵又一棵。

可他对这手艺还是不能掌握，

于是来向农夫请教。

"邻居，这到底是为什么？

这些树我都能砍下，

可就是做不成马轭。

请问，这里的窍门究竟是什么？"

"这里的窍门？"邻居答道，

"你身上没有，那就是慢工出细活。"

---

①马轭（è）是驾车时扼住马颈子的器具。

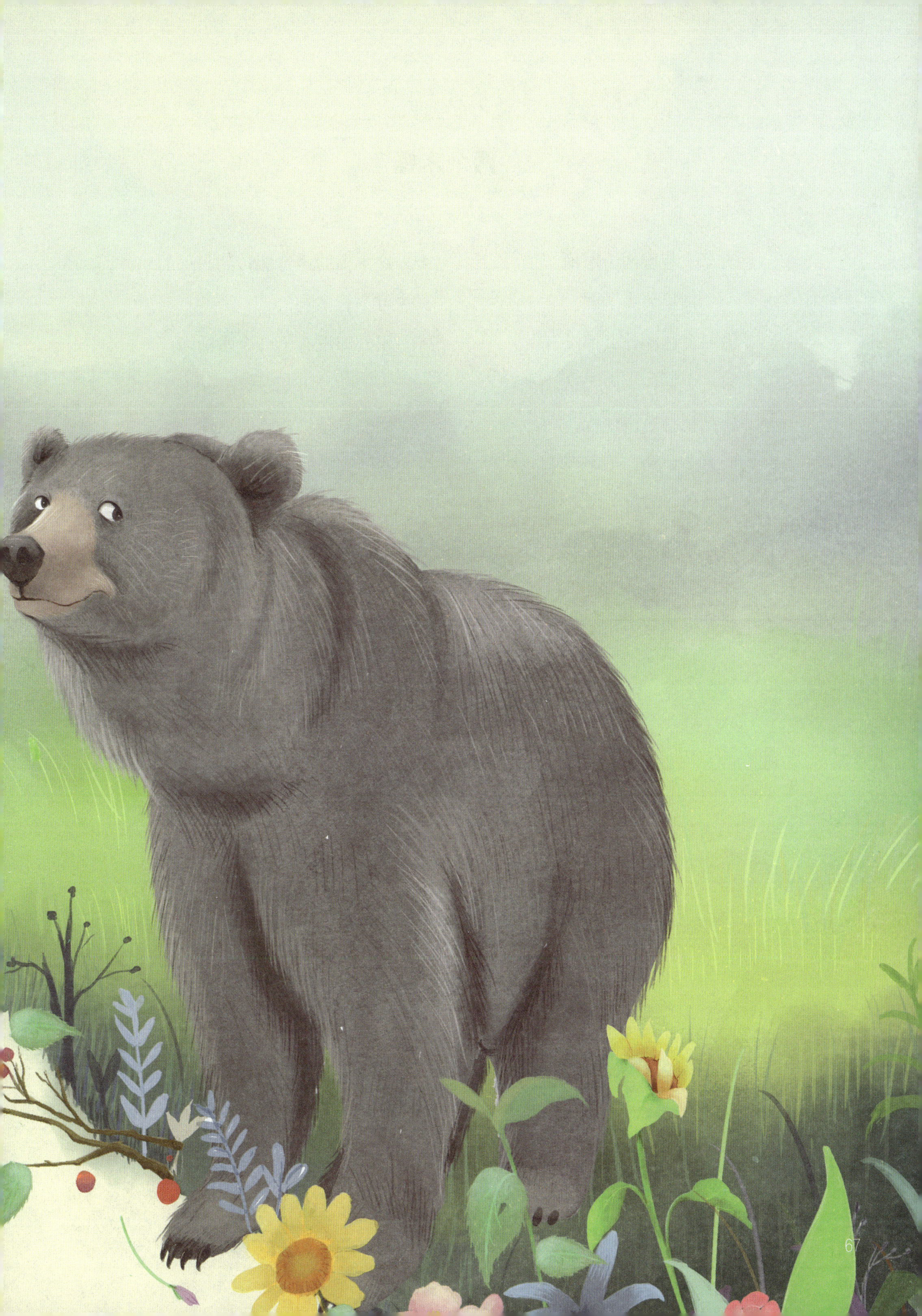

两个木桶

货车上装着两个木桶,
一个桶里装满了酒,
另一个桶里什么都没有。
第一个桶,无声无息,
稳扎稳打慢慢前行,
而另一个桶,丁零当啷,
只要他一经过,
路面就会传出巨大的声响,
并且尘土飞扬,
路人听到响声吓得赶紧避让。

这木桶的声音能传到很远的地方,
可不管多响,
用处却没有第一个木桶强。

那些总是将自己的工作
四处宣扬的人,
肯定不会有多少成就。
真正做事的人都是嘴上不说,
伟大的人总是低调谋划,
他们只靠事实发声。

鹅卵石和宝石

一颗宝石被遗落在地面,
最终被商人偶然发现。
商人把宝石献给国王,
国王将其买下,
镶上金边,
装点在皇冠之间。
这件事被鹅卵石听见,
他被宝石的飞黄腾达
迷惑了头脑。
看见一位农夫,他祈求道:
"老乡,拜托你,
请带我去首都见见世面。
凭什么我要在这里
忍受风雨雷电,
而我的宝石兄弟,
却能被众人艳羡。

我不明白,
他为什么可以一步登天?
我们曾亲密无间,
共同在这里躺了好几年,
他和我一样都是石头罢了。
把我带去吧!要是我在那里,
也会成就一番大事业!"
农夫把鹅卵石装上货车,
把他带到城里。
鹅卵石躺在大车上想入非非,
自己马上就能和宝石一样体面。
然而结局却没如他所愿,
他确实派上了用场,
被"镶"在了路面上。

猫和夜莺

猫儿捉了只夜莺,

他用爪子抓着这个小可怜,

亲昵地搂在怀中。

"亲爱的夜莺,

听说人人都爱你的歌声,

你在最优秀的歌手前都毫不逊色。

狐狸老兄告诉我,

你的歌喉如银铃般动听,

让牧羊人和姑娘听后

都如痴如醉变得安静。

我也想听一听你的歌声。

请你别发抖,我的朋友!

不要固执,也不要害怕,

我没想吃掉你。

你给我唱几句,我就放你回去,

让你继续徜徉在灌木丛和森林里。

我对音乐也充满热情,

睡觉的时候都会哼上几句。"

可这时我们可怜的夜莺,

快要在猫儿的爪子里咽气。

"怎么了？"猫儿无辜地说道，
"唱唱吧，朋友，哪怕就唱几句。"
但我们的歌手根本看不出来，
只顾吱哇乱叫。
"你就用这样的声音惊艳森林？"
猫儿嘲笑道，
"大家都夸你的声音清脆有力，
到底体现在哪里？
就算是我的猫崽子发出这种声音，
我也会很嫌弃。
不，我觉得你唱歌根本就不好听，
没头没尾，不知所云。
我看还是把你放进嘴里更有价值！"
说完，猫儿一口吞下了这个小可怜，
把他吃得一干二净。

要我说，在猫的爪子里，
夜莺怎么唱都不会动听。

橡树下的猪

老橡树下有一头猪,
吃橡果吃得不亦乐乎。
吃饱喝足还要打个盹儿,
醒来后迷迷糊糊站起身,
就用鼻子拱橡树的根。
"你这样做会伤害树。"
树上的乌鸦对他说,
"如果树根露出来,
橡树很快就会枯萎。"
"那就让他枯萎吧。"
这头猪回答,
"我一点儿都不担心他,
也看不到他对我有什么用处。
哪怕一百年没有橡树,
我也不会觉得惋惜,

只要有橡果让我吃得很舒服就行!"
"忘恩负义的东西!"
橡树对着猪骂道,
"只要你稍稍抬起猪头瞧瞧,
就能发现那些橡果
都长在我的身上!"

无知的人就是这么盲目,
否定科学知识和一切学者的努力,
却不明白,
自己正享受着他们的成果。

扫 帚

扫帚有了更崇高的使命，
他不需要再清理厨房的地板，
用人让他将主人的外套清理干净。
（显然，这用人醉得不轻。）
扫帚认真开始工作，
不知疲倦地拍打着外套，
就像在捶打黑麦，
一丝不苟，尽心尽力。
可问题是，扫帚又破又脏，
他的付出没有带来任何好处，
他越费劲清理，衣服就越不干净。

生活中总是出现这种问题，
特别是无知的人
偏要插手并不擅长的事情，
这样只会带来更多不幸。

年老的狮子

强壮的狮子曾威震森林，
如今步入老年，
逐渐没了力气，
他的爪子变得迟钝，
牙齿也不再锋利，
曾经令敌人闻风丧胆，
现在连翻身都不容易。
他最大的痛苦莫过于
所有的动物都不再怕自己，
他们甚至侮辱他，
对他之前的恶行
进行报复打击。
一会儿健壮的马儿
用坚硬的蹄子踢他一脚；
一会儿恶狼冲上来咬他一口；
一会儿野牛用锋利的角扎他一下。

可怜的狮子
在巨大的痛苦中强压怒火，
忍气吞声，等待生命的尽头，
偶尔用微弱无力的呻吟抱怨几句。
直到他看见驴子
也趾高气扬地走来，
准备朝着狮子身上
最痛的地方踢上几脚，
"哦，老天爷啊！"
狮子呻吟道，
"要让我受到这种屈辱，
还不如让我的生命早点儿结束！
死亡再可怕，
总好过在这里忍受驴子的侮辱。"

狮子、羚羊和狐狸

狮子在树林里追赶一只羚羊，
眼看就要追上，
贪婪的双眼死死盯住猎物，
对这顿美餐势在必得。
羚羊看起来已没有生还的希望，
一条峡谷横穿逃生的路。
轻巧的羚羊使出浑身的力量，
像箭一般纵身一跃，
落在了对面的岩石上。
我们的狮子只好停下脚步，
这时他的朋友狐狸走上前来，
"怎么？"狐狸说道，
"你身手矫捷、力大无比，
怎么能被弱小的羚羊比下去？
只要你愿意，就能创造奇迹。
峡谷虽宽，
但只要你想就一定能跨过去。
请相信我的真心和友情，
如果我不知道你的实力，
也不会让你冲上去。"

狮子被夸得激动无比，
他猛地一蹿向对面奔去，
但他没有越过宽阔的峡谷，
飞速掉了下去，
摔死在谷底。
而他忠诚的朋友
却悄悄地溜下去，
想到再也不用对狮子卑躬屈膝，
可以完全顺从自己的心意，
狐狸为朋友的葬礼置办了宴席，
不到一个月，
就把狮子吃得只剩毛皮。

杜鹃和鹰

老鹰请杜鹃充当森林里的夜莺。

杜鹃有了新职务,

像模像样地在白杨树上栖息,

并向大家展示他在音乐上的技艺。

不过,听了他的歌声,

所有的鸟儿都四散飞走,

一些鸟儿嘲笑他,

还有一些鸟儿毫不客气地责骂他。

我们的杜鹃伤心不已,

连忙跑到老鹰跟前诉说怨气。

"求您了!"杜鹃说道,

"按照您的旨意,

我成了森林里的夜莺,

但那些鸟儿却放肆嘲笑我的歌技!"

"我的朋友,"老鹰回答,

"我是鸟中之王,

但我不是上帝。

我没办法帮你摆脱这种不幸。

我可以强迫他们把杜鹃叫作夜莺,

但让杜鹃成为夜莺,我就无能为力了。"

米　　隆

一位名叫米隆的富人住在城里，
这里提他的名字并不是为了凑诗句。
知道名字并没有什么坏处，
周围的邻居都在议论这位富人，
他们的话未必没有道理。
他们都说米隆家里有几百万卢布，
可他舍不得给穷人一戈比。
谁不想让别人夸夸自己？
为了改变人们对他的非议，
我们的米隆开始将穷人救济。
他每周六都会向乞丐分发食物，
确实，无论谁走到大门口，
都不会被拦住。
"哎哟，"人们开始担心，
"这个可怜的人要被吃垮了。"
别怕，精明的人自有妙计。
每到周六他都会放出几条恶狗，
乞丐再也无暇顾及吃饱喝够，
能否四肢健全逃出大门，
都得看老天爷是否保佑。
与此同时，米隆却被尊为圣人。
人们都说："米隆真是值得尊敬，
只是他养了几条恶狗，
让人很难走近他身边，
否则他就算剩下一口吃的
也会分给别人。"

我也常遇到这种情形：
想走进深宅大院谈何容易，
米隆让自己置身事外，
所有过错都算到恶狗头上。

狗和马

农夫养了一条狗和一匹马,
不知怎么狗和马突然起了嫌隙。
"哎,"狗说道,
"你这膀大腰圆的婆娘!
我觉得主人就该把你赶出去。
你说你除了拉车就是耕地,
没听说你还有什么本事。
你究竟怎么同我相比?
我没日没夜工作,从不休息,
白天去草地看管羊群,
晚上还得守护家里。"
"确实,"马儿回答,
"你说得很对,可要不是我去耕地,
你还能看守什么东西?"

瀑布和温泉

湍急的瀑布从岩石上飞流直下。

在瀑布旁有一泓温泉,

这泓温泉静静地在山下流淌,

毫不起眼却因能治病而名扬天下。

瀑布对此十分不解,

他高傲地对温泉说:

"你难道不觉得奇怪吗?

你这么小,水流得这么慢,

可还是有很多人去你那里。

他们来我这里游玩,合情合理,

可为什么会到你那边去?"

"为了治病。"

温泉轻声回答。

牧羊人

有个年轻人名叫萨瓦,
给地主家放羊。
他放的羊一天天变少,
我们的年轻人难过又悲伤,
他四处向人们哭诉,
说有一匹可怕的狼,
经常过来把羊捉走,
还把其他羊咬得遍体鳞伤。
"这没什么稀奇,"人们说,
"狼都凶狠残暴,
能有什么好心肠!"
人们开始注意狼的行踪,
却没发现萨瓦的灶台上,
今天煮着羊腰粥,
明天炖着羊肉汤。
人们都在咒骂着寻找狼的踪迹,
翻遍整个森林
却没有找到一丝狼的气息。
朋友,你们都是白忙活,
狼背负着骂名,
而吃羊的却是萨瓦自己。

狐　狸

寒冷的冬季，天刚蒙蒙亮，
一只狐狸跑到村旁的冰窟窿喝水，
不知是大意，还是命中注定，
狐狸的尾巴和冰面粘在了一起。
问题并不大，解决也不难，
只要用力挣脱，
就算扯下一二十根毛，
也可以在村民醒来之前，
逃回家去。
但这么蓬松、柔软
又散发金色光泽的尾巴，
这么毁掉岂不可惜？
算了，还是等一等吧，村民还在休息，
说不定待会儿冰就化了，
尾巴就可以拿出去。
于是她等啊等啊，尾巴却越粘越牢。
眼看天色大亮，村民已经起床，
到处都能听到声音。

这时我们可怜的狐狸，
开始慌张地跳来跳去，
却怎么都挣脱不了。
还好这时，一匹狼跑了过来。
"好朋友！兄弟！"
狐狸叫喊着，
"快救救我，我快没命了！"
狼兄弟停下脚步，
很快把狐狸救了出来。
办法十分简单，
狼一口咬断了狐狸的尾巴。
这个失掉尾巴的笨蛋连忙跑回家，
保全了性命，这已让她十分满意。

我觉得这个故事并不难懂，
要是狐狸愿意将一撮毛舍弃，
那她的尾巴仍旧会非常美丽。

狮子和老鼠

老鼠向狮王轻声乞求,
希望能在旁边的树洞暂住。
老鼠说:"虽然在这片森林里,
你声名远扬,威力无穷,
堪称最强壮的英雄,
只要你一吼,所有动物都仓皇逃走。
可将来会怎样谁都说不准,
怎能预知谁对谁有所求?
别看我长得弱小,
也许你也有需要我的时候。"
"你!"狮王怒吼道,
"真是卑鄙下流!
就凭这些狂妄的言语,
我都可以把你踩成肉泥!
趁你现在还活着赶快滚,
我看你是嫌活得太长久。"
可怜的老鼠听后,差点儿把魂吓丢,
嗖的一声飞快逃走。

狮王的报应来得很快。
有一次他外出觅食,
不小心跌进猎网。
在猎网中力量再强,
叫声再大也无用,
不管他怎么挣扎、如何折腾,
最后还是被猎人收入囊中,
还被关在笼子里,拉出去示众。
这时狮子想起老鼠的话,
可为时已晚。
本来老鼠可以帮忙
咬破圈套将他拯救,
如今狮子却即将被自己的傲慢
断送了性命。

读者朋友,我一直热衷将真理追求,
故事结尾我还想说几句,
这并非添油加醋,
民间俗语自有道理,
别往井里吐痰,
因为你也有要喝井水的时候。

强盗和车夫

一个强盗傍晚趴在大道旁的草丛里,
凶狠地朝着远方张望,
就像一头刚出山洞的饿熊,
四处寻觅猎物。
这时一辆货车从飞扬的尘土中驶来。
"啊哈!"强盗暗自狂喜,
"我看这车要去集市,
里面肯定满是绸缎和布匹。
打起精神,集中注意,
绝对可以大捞一笔!
也不枉我一整天都守在这里。"
货车眼看临近,
强盗大吼一声:"停车!"
抄起大棒向车夫扑去。
不幸的是,
他的对手绝非等闲之辈,
车夫身体强壮,力大无比,
尽管面临强盗的恐吓,
但仍拼命守护自己的东西。
故事的主人公,
这下怕是要流点儿血才行。
双方打了很长时间,都伤得不轻。
强盗的十二颗牙齿不见了踪影,
一只手被打断,眼睛已经看不清。
但他最后还是取得"胜利",
杀死了车夫。
强盗立刻向货车奔去。
他得到了什么呢?
只有满满一车气球。

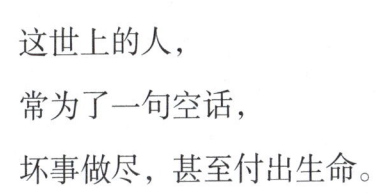

这世上的人,
常为了一句空话,
坏事做尽,甚至付出生命。

杜鹃和公鸡

"哦！亲爱的公鸡，你的歌声真是嘹亮又雄壮！"
"杜鹃，我的好朋友，你的歌声婉转悠扬，
整个森林还有谁能把歌唱成这样？"
"朋友，你的歌声我愿意听一辈子。"
"美丽的姑娘，我发誓，
要是你的歌声停止，我就会一直等下去，
等到你开口为止。
你的歌声究竟是怎样练成的？
悠扬婉转，清脆动听。
别看你生来个头不大，
可是嗓子堪比夜莺！"
"谢谢你，我的好朋友！凭良心讲，
你唱得比极乐鸟还要棒。"
这时一只麻雀插话道：
"我说伙计，
尽管你们相互吹捧得嗓子都快冒烟了，
可你们唱歌确实不行。"

为什么杜鹃会不知廉耻地恭维公鸡？
因为公鸡也这么吹捧杜鹃。

顽主的命运

昨天我看见一位熟人坐在马车里。

他以前身无分文，如今却有香车宝马，

这让我好奇，他到底是做了什么大生意？

他说出其中门道，对我毫无隐瞒，

原来是靠打牌赢来的金钱。

据说为了提高牌技，他潜心钻研，

比上学还要积极。

可今天再看到他时，

他独自在路上走来走去。

"这是……"我说，

"输得钱包已经见底？"

他却如哲人般意味深长地回答：

"你要知道，

人生就像车轮循环往复，

兜兜转转。"

孔雀和夜莺

一个无知的有钱人喜欢音乐，
但没见过什么世面。
他曾听到夜莺在林间歌唱，
并被那美妙的歌声迷住。
他想拥有这只会唱歌的鸟儿，
并把它养在笼中。
这人来到城里说：
"虽然我不知鸟儿叫什么，
也从未见过它，
但它的歌声让我留恋，
就想把它养在身边。
我相信鸟市上鸟儿众多，
肯定能把它找见。"
就这样脑袋空空的老爷，
带着一兜子钱来到鸟市，
想按照外表将鸟儿挑选。
他看了看孔雀，又看了看夜莺，
指着孔雀对商人说："我不会看走眼，
这只鸟儿是最佳歌手的首选。
它长得这么漂亮，唱歌也一定很惊艳，
朋友，快告诉我，这只鸟儿要多少钱？"

商人回答道:"老爷,
这只鸟儿是孔雀,
但是它不会表演。
如果你想要找歌声迷人的,
那就拿走夜莺吧,
就在孔雀旁边。"
愚蠢的有钱人疑惑不解,
他担心受到商人的蒙骗。
夜莺长得一点儿也不好看,
他想这只鸟儿羽翼不丰,
身材瘦小能唱出什么好曲调。
他坚持买走了孔雀,
并且非常满意这笔生意。
这个有钱人赶紧往家赶,
他想早点儿欣赏那孔雀美妙的歌声。
他把孔雀安置在栅栏里,
孔雀为了报答他的知遇之恩,
卖力地学起猫叫。
呜呜哇哇的怪声让有钱人明白,
自己不该按照羽毛选拔会唱歌的鸟。

很多人都会像这个有钱人一样,
带着偏见评判别人的能力。
谁的衣服不华丽,头发不茂密,
谁没戴戒指,也没戴手表,
谁家里没有钞票,
这种人,我们叫他"没头脑"。

驴子和兔子

驴子不是鸟儿，本不擅长飞行。
可他四处宣扬吹嘘，自己是飞行健将。
让动物们都坚信，
他能像山雀和雄鹰一样，
在云端自由翱翔。
一只兔子听到后对驴子说：
"那你飞飞看！"
"喂，你这懦弱的兔子，"
驴子咆哮道，"我能像雄鹰一样飞翔。
只是我不想飞而已！"
"那请试下吧！"兔子坚定地回答。
驴子跑起来，纵身一跃，
砰的一声跌进坑里。

明明是条鱼，
可千万别说自己能奔跑在陆地。

做午餐的熊

有只小熊喜欢做午餐，
他不仅会为亲戚做，
还会给他认识的、
能想到的邻居张罗。
不论是葬礼，还是生日，
只要到纪念日小熊就感到快乐。
小熊的午餐非常丰盛，
甜品美酒应有尽有！
客人都很开心，
对宴席也很满意。
为了取悦更多朋友，
小熊挨个儿敬酒，还演唱歌曲，
收掉餐具后，小熊又跳起了舞。

狐狸拍手叫好："嘿，小熊，
你真棒！
动作灵活，舞姿帅气，
可爱又轻盈。"
坐在旁边的狼忍不住
在狐狸耳边嘟囔：
"喂，老兄，你撒谎！
你究竟从哪里看出来动作灵活？
他张牙舞爪，像魔鬼一样！"
"兄弟，你才是信口雌黄。"
狐狸回答，
"我是为了午餐将他夸奖，
如果表扬能让他更加满足，
说不定还会留我们将晚餐品尝！"